Ghewond M. Alishan

Armenian Popular Songs

Ghewond M. Alishan

Armenian Popular Songs

ISBN/EAN: 9783337008703

Printed in Europe, USA, Canada, Australia, Japan

Cover: Foto ©Andreas Hilbeck / pixelio.de

More available books at **www.hansebooks.com**

ARMENIAN

POPULAR SONGS

TRANSLATED INTO ENGLISH

THIRD EDITION

VENICE

S. LAZARUS

—

1888

ARMENIAN
POPULAR SONGS

ՌԱՄԿԱԿԱՆ
ԵՐԳՔ ՀԱՅՈՑ

ARMENIAN

POPULAR SONGS[1]

I.

On Leo son of Haithon I.[2]

I say alas! for Leo, who has fallen
Into slavery into the power of Moslems.
My light, my light, and holy Virgin!
The holy Cross aid Leo and all!

The Sultan is come into the meydan[3],
He plays with his golden globe.
My light, my light, and holy Virgin!
The holy Cross aid Leo and all!

He played and gave it to Leo:
« Take, play and give it to thy papa. »
My light, my light, and holy Virgin!
The holy Cross aid Leo and all!

« Leo, if thou wilt become Moslem,
» I and my fosterfather slaves to thee. »
My light, my light, and holy Virgin!
The holy Cross aid Leo and all!

ՌԱՄԿԱԿԱՆ

ԵՐԳՔ ՀԱՅՈՑ

Ա.

Ի Լեւոն որդի Հեթմոյ Ա.

Աւա՜ղ ըզ Լէոնն ասեմ
Որ Տաճկաց դուան ընկել գերի։
Իմ՛ լուս, իմ՛ լուս, ու սուրբ կոյս.
Սուրբ խաչն օգնական Լէոնիս ու ամենուս։

Սուլթան ի մէյտան ելել
Իր ոսկի գունտըն կու խաղայ։
Իմ՛ լուս, իմ՛ լուս, ու սուրբ կոյս.
Սուրբ խաչն օգնական Լէոնիս ու ամենուս։

Խաղաց, ի Լէոնն երես.
« Ա՛ռ խաղա ու տուր տատոյիդ »։
Իմ՛ լուս, իմ՛ լուս, ու սուրբ կոյս.
Սուրբ խաչն օգնական Լէոնիս ու ամենուս։

« Լէոն, դու տաճիկ լինիս,
» Ես ու իմ՛ տատաս քէ գերի »։
Իմ՛ լուս, իմ՛ լուս, ու սուրբ կոյս.
Սուրբ խաչն օգնական Լէոնիս ու ամենուս։

Leo sitting in the fortress
With a handkerchief to his eyes wept:
« Thou caravan which goest to Sis [4],
» Thou shalt announce to my papa! »

When his father heard it
He collected many troops of horsemen;
He went against the Sultan,
And made many rivers of blood flow.

He took his son Leo,
And obtained the desire of his heart.
My light, my light, my light, and holy Virgin!
The holy Cross aid Leo and all!

II.

On the daughter of an Armenian prince on her departure to be maried to a Tartar prince.

THE MAID

Why dost thou sit silent at thy work?
Rise, come forth, hear what they say.
Oh unhappy one! was this worthy of thee
To be the bride of a Tartar?
Thou wert worthy to be the mistress,
The mistress of mistresses of the great prince;
And not so the wife of an infidel,
To have thy hands bound and become a slave.

Լեւոնն ի բերդին նստել
Դաստառակն աչիցն ու կու լար ․
« Փէրվանտ՝ որ ի Միս կ՚երթաս ,
» Դուն խապար տանիս պապային » ։

Ոնց որ պապն ալ զան լըսեց
Շատ հեծել քաշեց երամով ․
Էկաւ ի սուլդանն ելաւ ,
Շատ գետեր եհան արընեց ։

Իսա զիր Լեւոն որդին ,
Ու հասաւ սըրտին մուրատին ։
Իմ լուս , իմ լուս , իմ լուս , ու սուրբ կոյս ․
Սուրբ Խաչն օգնական Լեւոնիս ու ամենուս ։

Բ.

Սուգ դստեր մեծի իշխանի

ԱՂԱԽԻՆ

Ի՞նչ ես նըստել մունջ քո բանին ,
Վեր կաց , դուրս եկ , թէ ի՞նչ խօսին ։
Խեղճիկ , էս էր քու արժանին
Որ դու ըլնիս կին թալթարին ․
Դու պէտք էիր ըլնիլ տիկին ,
Տիկնաց տիկին մեծ իշխանին ․
Եւ ոչ էսպէս անօրինին
Ձեռը կապած ըլնիս գերին ։

THE DAUGHTER

What dost thou say, o foolish maid!
I understand thee not, speak more clearly.

THE MAID

To day thy star is fallen and vanished,
Thy radiant sun is obscured :
Unhappy me! unhappy thou Susanna!
Thou art to go a slave to Tartary;
Thou must forget thy bright faith,
And turn to the faith of Mahomet.

THE DAUGHTER

May thy tongue turn black, thy mouth become dry!
What news do they speak of?

THE MAID

The great prince has given thee
To the Khan of Tartary to take thee with him.

THE DAUGHTER

O maids, maids, come come
Weep the misfortune of my lost head!
Black was the day of my birth,
On which I unhappy was born.
Mother, rise from thy tomb,

ԴՈՒՍՏՐԸ

Ի՞նչ ես ասում ճարըդ կըտրած,
Չեմ հասկանում, ասա դու բաց։

ԱՂԱԽԻՆԸ

Էսօր աստղըդ թըռաւ կորաւ,
Լուս արեւըդ խաւարեցաւ.
Վա՜յ իմ գըլխիս, վա՜յ քեզ Շուշան,
Գերի գնացիր Թաթարըստան.
Լոյս հաւատըքըդ պէտք է մոռնաս
Մահամետի կրօնքին դառնաս։

ԴՈՒՍՏՐԸ

Լեզուդ սեւնայ, բերանդ չորնայ,
Ի՞նչ համբաւ է, ասա ի՞նչ կայ։

ԱՂԱԽԻՆԸ

Մեծ իշխանըն քեզ տըւել է,
Թաթարի խանին հետըն տանի,

ԴՈՒՍՏՐԸ

Աղջիկերոցերըք, եկէք եկէք
Կորած գլխիս դառը լացէք.
Սեւ էր դառել օր ծընընդեան
Որ ես ծընայ թըշուառական։
Մերիկ, վեր կաց գերեզմանէդ,

Hear the news of thy daughter.
My black fate has willed it so,
It has driven me alone to Tartary.
May pitiless death tear my soul away,
May the earth open and swallow me up.

THE MAID

What sighs are these, young princess,
　Salt-tears and bitter lamentation :
Let us all bear thy grief together,
Let us offer our heads for thee :
Where thou goest let us go also,
How can we forget thy bread and salt :
Can we see with our eyes
Thee going from us all alone ?
Dry thy eyes and sooth thy grief,
Enough for thee, beat not thy breast.

THE OLD WOMAN

I have been sixty years at thy gate :
　Thy father and grand father were on my shoul-
　　ders
Born, brought up and became princes ;
I never saw such sorrow.
Open thy ear, and listen to my counsel,
Remember this old woman :
Wherever thou shalt go and wherever thou shalt be,
Always hold fast thy bright faith.
Forget not our Armenian nation ;
And always assist and protect it.

Համբաւ լըսէ աղճըկանեդ․
Իմ սեւ բաղդը էնպէս արեց,
Թաթարըստան մինակ քըշեց․
Անգութ օրհաս հոգին հանէ,
Գետին պատռէ ինձ ներս տանէ ։

ԱՂԱԽԻՆ

Աղջիկ պարոն, էս ի՞նչ լաց է,
Աղի արտասունք դառըն կոծ է․
Մենք ամենքըս ցաւըդ տանինք,
Մեր գլուխը քեզ մատաղ կ՚անենք․
Ուր որ երթաս հետըդ կըգանք․
Ջեր աղ ու հացըն կըմոռանանք․
Մենք ի՞նչ պէտք է տեսնենք աչքով
Տէղէս մինակ գընաս լալով․
Աչքերդ սըրբէ եւ հանդարտուիր,
Հերիք եկաւ քեզ, մի ծեծուիր ։

ՊԱՍԽԱՆ

Վաթսուն տարի եմ՝ ես ձեր դըրան,
Հէրըդ պապերդ են իմ կըռան

Ծընած սընած իշխան եղած,
Էսպէս մին ցաւ ես չեմ՝ տեսած ։
Ականջըդ բաց լըսէ խըրատիս,
Մըտիդ ձըգես էս պառաւիս․
Ուր որ գընաս ինչ տեղ ընկնիս,
Հաստատ մընաս լուս հաւատիս ։
Ջըմոռանաս Հայոց ազգիս,
Միշտ հանապազ նըրան օգնիս ։

Always keep in thy mind
To be useful to thy country.
Oh! God be with thee, farewell!
May Christ preserve thy bright sun!

III.

*The Armenians in their emigration from
Old Ciulfa* [5].

Woe to you poor Armenian people!
  Without a fault and without a reason ye have been
    scattered;
  Ye are gone into slavery to Khorassan,
  Hungry and thirsty and naked and poor.

Ye have supported a hundred thousand sorrows,
  And ye have never put your foot out of your sweet
    native country:
  But now ye leave the tombs of your parents,
  And abandon to others your churches and houses.

These beautiful fields, great towns,
  Sweet waters and well-built villages
  To whom have ye left them, ye who go?
  How happens it that ye forget them?

I fear they will be effaced from your mind:
  But while ye live do not forget them:
  At least recount to your children and grand children,
  That you have left your country so ruined.

Ամենայն ժամ միտքըդ ձըգիս
Հայրենեացըդ պիտոյ ընկնիս,
Է՛հ, տէր ընդ քեզ, գընաս բարեւ,
Քրիստոս պահէ քո լոյս արեւ։

Գ.

Ողբ Ջուղայեցւոց.

Ափսոս քեզ Հայոց խեղճիկ ժողովուրդ,
Ցիրուցան եղաք անմեղ անխորհուրդ.

Գերի գնաման աք դէպ ի Խորասան,
Քաղցած ու ծարաւ, ակլոր թշուառական։

Խարիւր ու խազար ցաւի դիմացաք
Ջեր քաղցրիկ երկրէն տա դուրս չըդրաք.

Խիմի ձեր խօր մօր դերեզմանն թողաք,
Տըներն ու ժամերը ուրիշի տուաք։

Էս սիրուն դաշտերն, մեծ մեծ քաղըներն,
Քաղցրիկ ջըրերն, ձեր չէն գեղերն,
Ո՞ւմ աք թողման՝ դուք որ գնաման աք.
Էսպէս կըլընէ որ մոռանում աք,

Վախում ամ էնպէս մտքերնուցդ ընկնի.—
Ինչքան որ ողջ աք՝ մտքերնուդ չընկնի.
Բարի ձեր որդւոց թոռանց պատմեցէք
Էսպէս խայրենիքն քանդած թողեցիք։

The name of Masis [6], that of the Noah's Ark,
That of the plain of Ararat, of S.t Etchemiazin [7],
That of the deep Abyss [8], of S.t Lance and Mooghni [9],
They will not forget till the day of judgment.

That my eyes had been blind, my neck broken,
Poor Armenia, that I might not seethee thus!
If I were dead I should be happy
Rather than live and see thee!

IV.

On one who was shipwrecked in the lake of Van [10].

We sailed in the ship from Aghtamar [11],
We directed our ship towards Avan [12]:
When we arrived before Vosdan [13]
We saw the dark sun of the dark day.

Dull clouds covered the sky,
Obscuring at once stars and moon:
The winds blew fiercely
And took from my eyes land and shore.

Thundered the heaven, thundered the earth,
The waves of the blue sea arose:
On every side the heavens shot forth fire,
Black terror invaded my heart.

Մասիսի անունն, Նոյայ տապանի,
Արարատ դաշտի, սուրբ Էջմիածնի,
Մեր Խոր-վիրապի, սուրբ Գեղարդ, Մուղնի,
Զմոռանամ մինչ ի օրն դատաստանի։

Աչքըս կուրանար, շլինքս կոտրուէր,
Խեղճ Հայաստան, քեզ էսպէս չըտեսնէր.
Թէ մեռած էի, ինձ երանի էր,
Քան թէ կենդանի՝ աչքըս բաց տեսնէր։

Գ.

Ի նաւարկելեայն ի Տոլոսն վանայ.

Նաւով Աղթամարայ ելանք,
Տեխ Աւանուց ճամպարհն ինկեանք.
Ոստանայ դէմ երբ մենք հասանք՝
Սեւ աւուր սեւ արեւ տեսանք։

Թուխ ամպեր երկինք պատեցին,
Աստղ լուսնակ մէկտեղ կորսուցին,
Պինդ պինդ քամիներ փչեցին,
Ափ ցամաք աչքէս խլեցին։

Գոռաց երկինք գոռաց գետին,
Խռովեցաւ ջուր կապուտ ծովին.
Զորս դեխէն կրակտաց երկին,
Սեւ սարսափ իջաւ իմ սըրտին։

There is the sky, but the earth is not seen;
   There is the earth, but the sun is not seen :
   The waves come like mountains,
   And open before me a deep abyss.

O sea, if thou lovest thy God,
   Have pity on me forlorn and wretched :
   Take not from me my sweet sun,
   And betray me not to flinty-hearted death.

Pity, oh sea, o terrible sea !
   Give me not up to the cold winds :
   My tears implore thee
   And the thousand sorrows of my heart...

The savage sea has no pity !
   It hears not the plaintive voice of my broken
      heart ;
   The blood freezes in my veins,
   Black night descends upon my eyes...

Go tell to my mother
   To sit and weep for her darkened son ;
   That John was the prey of the sea,
   The sun of the youngman is set !

Երկինք կեայ գետին չերեւայ,
Գետին կեայ երկինք չերեւայ.
Սարի պէս գնդգներ կու գայ,
Խոր անդունդ առջեւս կը բանայ:

Ծո՛վ, դիւ քոն Աստուած կի սիրես
Խեղճ անճարիս գութ մի անես.
Ջիկ քաղցր արեւէս չիմարես,
Քարէսիրտ մահին չիմատնես:

Ամա՜ն ձովեր, ահեղ ձովեր,
Ջիկ մի տանիք պաղի հովեր.
Ջեզ կ'աղաչեն իմ արտասունքներ
Ու սըրտիս հազար բիւր ցաւեր:

Ծով գաղանն ըսկի ողորմ չունի.
Պըլած սըրտիս ձէնիկ չլըսի.
Արուն երակներս կը պաղի.
Սեւ գիշեր աչքերս կ'իջնի:

Գնացէք ասէք իմ ծընողին
Թող նըստի լայ իր սեւ որդին.
Թէ Հանէս կուր եղաւ ծովին
Թռաւ գընաց արեւ կորըճին:

V.

LAMENTATION OF A BISHOP

Who had planted a vineyard, and before it gave
fruit, his last day came.

Every morning and at dawn
  The nightingale sitting in my vineyard
  Sang sweetly to this my rose :
  Rise and come from this vineyard.

Every morning and at dawn
  Gabriel says to my soul :
  Rise and come from this vineyard,
  From this newly-built vineyard.

I must not come from this vineyard ;
  Because there are thorns around it ;
  I cannot come forth from my vineyard,
  From my beautiful vineyard.

I have brought stones from valleys,
  I have brought thorns from mountains ;
  I have built round it a wall :
  They say : Come forth from this vineyard.

I have planted young vines,
  I have watered the roots of this plantation,
  I have not yet eaten of their fruit :
  They say : Come forth from this vineyard,

Ն.

Մէկ եպիսկոպոս մի նոր այգի տնկեր է
Եւ դեռ այգին պտուղ տուել չէ.
Նա եպիսկոպոսին օրըն մահուն հասեր է.
Նա ի հոգեվարքին զայս ողբս ասել է:

Ցամէն առաւօտ եւ լոյս
Բլբուլն էր նստեր յայգոյս.
Քաղցրիկ ձայնէր այս վարդոյս.
Արի եկ ել յայս այգոյս:

Ցամէն առաւօտ եւ լոյս
Գաբրիէլն առէր հոգւոյս.
Արի եկ ել այս այգոյս,
Այս իմ նորատունկ այգոյս:

Ինձ չէ պարտ ելնել յայգոյս
Դէմ չար փուշ կայ պատերուս.
Ջեմ կարեր ելնել այս այգոյս,
Այս իմ գեղեցիկ այգոյս:

Քար եմ կրեր ձորերուս
Փուշ եմ բերեր սարերուս.
Պատ եմ բոլորեր այգոյս.
Կ'ասեն. Արի ել այս այգոյս:

Ուռ եմ տնկեր այս այգոյս,
Ջուրն եմ ջրեր այս տնկոյս,
Դեռ չեմ կերեր յայս պտղոյս.
Կ'ասեն. Արի ել յայս այգոյս:

I have built a wine-press,
  I have buried the wine-vat,
  I have not yet tasted the wine,
  They say: Come forth from this vineyard.

I have shut the entry of my vineyard,
  I have not yet opened the close gate
  Of my well-dressed vineyard: .
  They say: Come forth from this vineyard.

I have brought water from valleys,
  Cold and savouring fountains:
  I have not yet drunk of their water:
  They say: Come forth from this vineyard.

I have built a basin in my vineyard,
  The dew of heaven into this basin,
  Around it are flowers and light:
  They say: Come forth from this vineyard.

I have planted roses in this vineyard,
  There are red and white roses:
  I have not yet smelt their fragrance:
  They say: Come forth from this vineyard.

I have sown flowers in this vineyard:
  There are green and yellow:
  I have not yet picked these flowers;
  They say: Come forth from this vineyard.

I have planted fruit-trees around the walls,
  Pomegranate, almond and nuts:

Հնձան եմ՝ չլինէր այգոյս
Կարաս եմ՝ լծաղեր գինոյս,
Դեռ չեմ՝ խըմեր ի գինոյս.
Կ՚ասեն. Արի եւ յայս այգոյս։

Ըղմուտն եմ՝ փակեր այգոյս,
Դեռ չեմ՝ բացեր ըղփակ դուռս
Այս իմ յարմակազմ այգոյս.
Կ՚ասեն. Արի եւ յայս այգոյս։

Ջուր եմ՝ բերեր ձորերոյս,
Ջցուրտ եւ բարեհամ աղբիւրս,
Դեռ չեմ՝ խըմեր ի ջըրոյս.
Կ՚ասեն. Արի եւ յայս այգոյս։

Պըքայ եմ՝ չլինէր յայգոյս,
Երկնից ցօղն ի մէջ պըքոյս,
Բոլորն է ծաղկունք եւ լոյս,
Կ՚ասեն. Արի եւ յայս այգոյս։

Վարդ եմ՝ տընկեր այս այգոյս
Կարմիր ըսպիտակ վարդոյս,
Դեռ չեմ՝ հոտ առեր վարդոյս.
Կ՚ասեն. Արի եւ յայս այգոյս։

Ծաղիկ եմ՝ ցաներ այս այգոյս,
Կանաչ ու դեղին ծաղկոյս,
Դեռ չեմ՝ քաղեր ի ծաղկոյս.
Կ՚ասեն. Արի եւ յայս այգոյս։

Տունկ եմ՝ տընկեր պատերուս,
Նուռ եւ նըշենի ընկուզ,

I have not yet tasted of the fruits:
They say: Come forth from this vineyard.

The turtle-dove is sitting in my vineyard,
He sings to the birds:
The spring is arrived to my vineyard:
They say: Come forth from this vineyard.

Bring me fruits from my vineyard,
Roses and flowers of many hues,
That I may imbibe the fragrance:
I wilt not leave this vineyard.

The nightingale sang in my vineyard
From morning to evening:
The dew falls from the clouds;
They say: Come forth from this vineyard...

Gabriel come to my soul;
My tongue from fear was tied:
The light of my eyes was dimmed:
Alas! for my brief sun!

The tendrils of my vine were green,
The grapes of my vine are ripe:
He says: Come forth from this vineyard,
From my newly-built vineyard.

They took my soul from my body,
And dragged me forth from my vineyard.
It is time that I leave my vineyard
This beautiful vineyard.

Գնա չեմ՛ կերեր ի պտղոյս.
Կ՚ասեն. Արի եւ յայս այգոյս։

Ղումրին է նըստեր յայգոյս
Եղանակէ հաւնրոյս.
Գարուն է հասեր այգոյս։
Կ՚ասեն. Արի եւ յայս այգոյս։

Բերէք ինձ մըրգաց այգոյս,
Վարդ եւ գոյնըզգոյն ծաղկունս,
Առնում հոտոտիմ անուշս.
Այլ չեմ՛ ելներ ի յայգոյս։

Պըլպուլըն գուշէր յայգոյս,
Առաւօտէ մինչեւ ի լոյս,
Ցօղն իջանէր ի յամպոյս.
Կ՚ասեն. Արի եւ յայգոյս։

Գարրիէլն եկաւ հոգւոյս.
Յահէն կապեցաւ լեզուս,
Խաւարեցաւ աչացըս լոյս.
Հայիֆ իմ՛ կարճ արեւուս։

Աւան է կանաչ այս այգոյս,
Խաղողն է հասեր այգոյս,
Կ՚ասէ. Արի եւ յայգոյս,
Այս իմ՛ նորաշէն այգոյս։

Աւին զհոգիս ի մարմնոյս,
Հանին զիս ի յիմ՛ այգոյս.
Ժամ՛ է որ ելնեմ՛ յայգոյս
Այս իմ՛ գեղեցիկ այգոյս։

My newly-built vineyard was destroyed,
    Every plant and flower grew dry :
    The beauty of my body was faded :
    They say : Come forth from this vineyard.

They drag me forth from my vineyard :
    The nightingale sings in my vineyard,
    The dew descends from the clouds
    Every morning and at dawn.

VI.

Elegy of Adam.

Adam sitting at the gate of Paradise
    Wept and said sadly :
    Oh Seraphim, oh Cherubim,
    Who enter Paradise !

I was king in Eden,
    Like to a powerful king ;
    For one only command
    Of that fruit of that immortal tree,

On account of Eve my consort,
    Who was deceived by the cunning of the ser-
      pent,
    They took my beautiful ornaments
    And without pity they stripped me.

Փըլաւ Նորաշէն այգիս,
Չորացաւ զի՛նչ կայր տունկ եւ բոյս,
Թարշամեցաւ գեղ մարմնոյս.
Կ՚ասեն. Արի ել յայգոյս։

Հանեին զիս ի յի՛մ այգոյս,
Պլպուլըն կանչէր այգոյս,
Ցօղն իջանէր ի յամպոյս
Ցամէն առաւօտ եւ լոյս։

Զ.

Ողբ Ադամայ.

Ադամ՛ նստել դուռըն դրախտին
Լայր եւ ասէր ողորմագին.
Ա՛յ սերովբէք ա՛յ քերովբէք,
Որ ի դրախտըն մըտանէք,

Անդ թագաւոր էի յԱդին
Նըման հըզօր թագաւորին,
Վասըն մի՛ոյ պատուիրանին
Անմահական պտղոյ ծառին,

Վ՛ան Եւայի իմ՛ կողակցին
Որ ղալտեցաւ խաբմամբ օձին,
Զի՛մ գեղեցիկ զարդերն առին,
Զիս անողորմ մերկացուցին։

This only time that I failed
    By the words of my wife I was deceived.
    When I saw her so shameless
    Despoiled of her glory as the devil,

I was touched with pity for her:
    Of the immortal fruit I took and eat:
    I said: Perhaps my Creator may come
    And seeing me and Eve naked,

With paternal love he will take pity on us
    And will have compassion on me and her.
    I heard the sound of the footsteps of the Lord
    Coming to Paradise, and I was surprised:

With the leaf of the figtree I girt my reins,
    Among the trees I hid myself:
    He come and called: Adam where art thou?
    I replied: I am naked:

My Lord, I have heard thy voice,
    I was frighted and ashamed.
    — But who told ye that ye are naked?
    Or who deceived ye? tell me.

Eve replied to him:
    The serpent deceived me and I eat.
    The Lord cursed the serpent and Eve,
    And I was enslaved between them.

The Lord commanded: Go forth:
    Dust ye were and dust ye shall become. —

Այս մէկ տարպաս որ զգլխեցայ,
Բանիւ կընոջըս խաբեցայ.
Երբ լուսատուակ տեսայ զնեայ
Փառացըն մերկ քան զսատանայ,

Ես ի յիւր գութըն վառեցայ,
Յանմահ պտղոյն ուտեալ կերայ.
Ասցի թէ իմ Ստեղծողըն գայ
Մերկ տեսանէ զիս եւ զնեայ,

Նա հայրական սիրով գըթայ
Եւ ողորմի ինձ եւ նորայ:
Ամենաձայն Տեառըն լըւայ
Գալըս ի դրախտն՝ եւ ափշեցայ.

Տերեւ թզենւոյն զինեւ ածայ,
Ի մէջ ծառոց անկեալ թաքեայ.
Եկն եւ ձայնեաց, Ադամ, ուր ես.
Ես ձայն տըւի, թէ մերկ եմ ես.

Տէր, ըզքո ձայնըդ լըւայ ես
Զահի հարայ սամծթերես:
— Ամ ով ասաց ձեզ թէ մերկ էք:
Կամ՝ ով խաբեաց ձեզ, պատմեցէք:

Եւա պատասխան ետ նըմա.
Օձըն խաբեաց զիս եւ կերայ:
Տէրն անիծեց զօձն եւ զԵւա,
Ես այլ ի մէջըն գերեցայ:

Տէրըն հրամեց մեզ թէ ելէք,
Թէ հող էիք ՚ւի հող դարձէք:

I pray ye, o Seraphim,
I lament, o, hear me;

When ye enter Eden,
  Take a branch of the immortal fruit,
  Bring and place it on my eyes
  And heal my obscured sight.

When ye enter Eden
  Shut not the gate of Paradise,
  Place me standing at the gate,
  I will look a moment and then bring me back.

Ah! I remember ye, o flowers,
  And sweet smelling fountains;
  Ah! I remember ye, o birds
  Sweet singing, and ye, o beasts:

Ye who enjoy Paradise
  Come and weep over your king,
  Ye who are in Paradise planted by God
  Elected from the earth of every kind and sort.

Ես աղաչեմ զձեզ, սերովբէք,
Գանկատ ունիմ, ինձ լըսեցէք.

Երբ ի յԱդին դրախտըն մըտնէք
Ցանման պտղոյն ճիւղ մի առէք,
Բէրէք յաչացս ի վրայ դըրէք
Զխաւարեալ աչս ողջացուցէք:

Երբ ի դըրախտըն մըտանէք
Ըզդրախտին դուռըն մի՛ փակէք.
Զիս ի դիմաց կանգնեցուցէք,
Պահ մի հայիմ կարճ՝ դարձուցէք:

Ա՜հ, կու յիշեմ ըզձեզ ծաղկունք,
Անուշահամ պտղաբերակունք.
Ա՜հ, կու յիշեմ ըզձեզ թռչունք
Քաղցրաբարբառ՝ եւ անտառունք.

Որք ի դըրախտըն վայելէք
Ձեր թագաւորն եկայք լացէք,
Որք ի դըրախտն աստուածատունկ
Յերկրէ ընտրեալ ազգի ազգունք:

VII.

*Lament of a mother on her son who died in
infancy.*

I gaze and weep mother of my boy,
   I say alas and woe is me wretched!
   What will become of wretched me,
   I have seen my golden son dead!

They seized that fragrant rose
   Of my breast, and my soul fainted away:
   They let my beautiful golden dove
   Fly away, and my heart was wounded.

That falcon death seized
   My dear and sweet-voiced turtle-dove and
      wounded me:
   They took my sweet-toned little lark
   And flew away through the skies!

Before my eyes they sent the hail
   On my flowering green pomegranate;
   That my rosy apple on the tree,
   Which gave fragrance among the leaves.

They shook my flourishing beautiful almondtree
   And left me without fruit;
   By beating it they threw it on the ground
   And trod it under foot with the earth of the
      grave.

Է.

Ողբ մօր ի վաղամեռիկ որդին .

Նայիմ ողբամ ծնող աղայիս ,
Վա՜յ եւ եղուկ տանս իմ անձինս .
Արդ զի՞նչ լինիմ եղուկ եղկելիս ,
Տեսի մեռեալ զոսկեհատ զորդիս .

Զանուշահոտ վարդն իմ գըրկիս
Խլեցին առին , թալկացաւ հոգիս .
Զիմ գեղեցիկ ոսկի աղաւնիս
Թռուցին յինէն , խոցեցաւ սըրտիկս .

Զքաղցրանուագ սիրուն տատրակիկս
Մահու բաղան էզուրկ , խոցեաց զիս .
Զիմ քաղցրաձայն արտուտիկ ձագիս
Առեալ թըռան ի վեր ի յերկինս :

Զիմ ծաղկալի կանաչ նըռնենիս
Կարկըտահար արին դէմ աչիցս .
Զիմ կարմրացեալ խնծորն ի ծառիս
Զանուշահամն ի մէջ տերեւիս :

Զիմ գեղեցիկ ծաղկեալ նըշենիս
Թօթափեցին անպտուղ արին զիս .
Հարեալ ձըգեցին ի վերայ երկրի
Կոխան արարին հողոյ տապանին :

What will become of wretched me!
Many sorrows surrounded me.
O my God, receive the soul of my little one
And place him at rest in the brigt heaven!

VIII.

On the same subject.

My sun was eclipsed,
  The light of my eyes obscured;
  The day was to me the darkest night
  And the light of the stars was covered.

The spring became to me the roughest winter,
  The summer was snowy,
  The seasons were changed to me
  And the freezing air struck me.

The sweet was bitter
  And my food became ashes;
  My flesh stuck to my bones was dried,
  My tongue in my mouth was dried.

When my beautiful boy died
  My breath was gathered, my lips were bound:
  When this my pretty boy died
  My life was equal to the earth.

Ո՛հ, զի՞նչ լինիմ եղուկ եղկելիս,
Շատ տրտմութիւնք պատեցին զիս ։
Արդ, Տէր, ընկալ զհոգի տըղայիս
Եւ հանգո ի լուսեղէն երկինս ։

Ը.

Ի նոյն.

Իմ արեգակըն խաւարեցաւ
Եւ աչերուս լոյսըն մըթացաւ.
Ցորեկն ինձ խոր գիշեր դարձաւ
Եւ աստեղաց լոյսըն ծածկեցաւ ։

Գարունըն խիստ ձըմեռ ինձ դարձաւ,
Ամառն սաստիկ ձիւնաբեր եղաւ.
Ինձ եղանակըն փոփոխեցաւ
Եւ դառնաշունչ օդըն զիս հարաւ ։

Քաղցըրըն լեղի եղեւ դառնացաւ
Եւ կերակուրս ինձ մոխիր դարձաւ.
Մարմինս յոսկերս կըցեալ չորացաւ
Լեզուս ի քիմս իմ ցամաքեցաւ ։

Այս գեղեցիկ որդեակս որ մեռաւ
Շունչըս քաղեցաւ, շըթունքս կապեցաւ.
Այս նազելի որդիս որ մեռաւ
Կեանքըս հողոյ հաւասարեցաւ ։

When this my peacock and lamb died
  My brain turned and was lost:
  When this my dearest little one flew
  My mouth was hushed, my ear was deaf.

When this joyful plant faded
  My foot was broken, my arm burst,
  All my body was brought to dust
  And with my boy was bowed to the ground.

Yet let me thank God
  Who received him with the holy boys.
  O my God, receive the soul of my little one
  And place him at rest in the bright heaven!

IX.

Song of the new Bride.

  Little threshold, be thou not shaken;
    It is for me to be shaken,
    To bring lilies.

  Little plank, be thou not stirred;
    It is for me to be stirred,
    To bring lilies.

  Little ground, shake thou not;
    It is for me to be shaken,
    To bring lilies.

Այս սիրամարգ գառնիկս որ մեռաւ
Խելքըս գնաց եւ ցընորեցաւ.
Այս սիրունիկ ձագիկս որ թըռաւ.
Բերանս լըռեց, ականջըս խլցաւ։

Այս զուարճալի տունկս որ չորացաւ
Ոտըս բեկաւ, թեւըս կոտրեցաւ,
Բոլոր մարմինըս փոշիացաւ
Եւ ընդ որդոյս ի հող մերձեցաւ։

Արդ գոհութիւն Տեառն որ ըստացաւ
Ընդ սուրբ մանկանցն ըզսա ընկալաւ։
Արդ, Տէր, ընկալ զհոգի տըղայիս
Եւ հանգո ի լուսեղէն երկինս։

Թ.

Երգ հարսին.

Շէմկիկ, մի ժաժա.
Ես եմ ժաժալու,
Շուշան տանելու։

Տախժիկ, մի թընտա.
Ես եմ թընտալու,
Շուշան տանելու։

Հողիկ, մի սըռա.
Ես եմ սըռալու,
Շուշան տանելու։

Little tree, tremble not;
   It is for me to tremble,
   To bring lilies.

Little leaf, be thou not thrown down;
   It is for me to be thrown down,
   To bring lilies.

Sun, arise not;
   It is for me to arise,
   To bring lilies.

Sun, surround not;
   It is for me to surround,
   To bring lilies.

Moon, arise not;
   It is for me to arise,
   To bring lilies.

Moon, surround not;
   It is for me to surround,
   To bring lilies.

Stars, sparkle not;
   It is for me to sparkle,
   To bring lilies.

Crane, cry not; [15]
   It is for me to cry,
   To bring lilies.

Ծառուկ, մի՛ դողա.
Ես եմ դողալու,
Շուշան տանելու։

Տերևիկ, մի՛ ծափի.
Ես եմ ծափելու,
Շուշան տանելու։

Արև, դուն մ'ելնի.
Ես եմ ելնելու,
Շուշան տանելու։

Արև, մի՛ պատի.
Ես եմ պատելու,
Շուշան տանելու։

Լուսին, դուն մ'ելնա.
Ես եմ ելնելու,
Շուշան տանելու։

Լուսին, մի՛ պատի.
Ես եմ պատելու,
Շուշան տանելու։

Աստղունք, մի՛ ցոլաք.
Ես եմ ցոլալու,
Շուշան տանելու։

Կըռունկ, մի՛ կըղա.
Ես եմ կըղալու,
Շուշան տանելու։

Mamma, weep not;
　　It is for me to weep,
　　To bring lilies.

Papa, weep not;
　　It is for me to weep,
　　To bring lilies.

Brother, weep not;
　　It is for me to weep,
　　To bring lilies.

They had deceived the mother with a pack of linen:
They had deceived the father with a cup of wine:
They had deceived the brother with a pair of boots:
They had deceived the little sister with a finger of
　　antimony.
They have loosed the knot of the purse
　　And detached the girl from her grand mother.
Mother, sweep thou not the little plank
　　In order that the little trace of thy girl may not be
　　effaced:
　　Let a little memory remain to thee
　　In order that thou mayest fill the wish of thy soul.
They passed with a sieve the dried raisin
　　And filled the pockets of the girl,
　　And they put her on the foreign way!

Մ՚էրիկ, դուն մի՛ լա.
Ես եմ լալու,
Շուշան տանելու։

Հէրիկ, դուն մի՛ լա.
Ես եմ լալու,
Շուշան տանելու։

Աղբէր, դուն մի՛ լա.
Ես եմ լալու,
Շուշան տանելու։

Զմէրիկ խաբեցին ժօփ մը չիլով.
Զհէրիկ խաբեցին կուժ մը գինով.
Զաղբէր խաբեցին ջուխտակ մը ճըզմով.
Զքուրիկ խաբեցին մատիկ մը հինով։

Զդրամի հանգուրց արծաթեցին
Զաղջիկ մամուց ջոկեցին։
Մ՚էրիկ, մի՛ ալի զտախթիկ
Որ չաւրի քու աղջկայ հետիկ.

Թող մընայ քեզի նըմուշիկ,
Որ հանիս զքու սըրտի հասրաթիկ։
Զչամիչ մաղով մաղեցին,
Աղջկայ ճիպեր լեցուցին,
Ղարիպ ճամբուն դըրեցին։

X.

A song on the Bridegroom.

Blessed be the merciful God;
    Blessed the will of our Creator (*Thrice*).
We have united, we have finished,
    We have placed the Cross over him (*Thrice*.
Go and seek the father of the king, [16]
    Let him come and prepare the feast:
    Let him bend his knees before the holy altar:
    All good and prosperity to our king (*Thrice*)!
Go and seek the mother of our king,
    Let her come and bend her knees before the holy
      altar:
    All good and prosperity to our king!
Go and seek the brother, (sister, ec. ec.)
Go and seek the crane from the desert;
    Let him come and sit and observe:
    Let him bend his knees before the holy altar:
    All good and prosperity to our king!
Go and seek the duck from the lake;
    Let him come and sit and observe:
    Let him bend his knees before the holy altar:
    All good and prosperity to our king!
Go and seek the partridge from the hill;
    Let him come and sit and observe:
    Let him bend his knees before the holy altar:
    All good and prosperity to our king!

Ժ·

Երգ հարսանեաց փեսայի·

Օրհնեալ բարերար Աստուած.
կամքն օրհնեալ մեր արարողին (Երիցս)·
Զուգեցինք, հա՛յ թամամեցինք,
Զխաչն ի վըրէն բազմեցուցինք (Երիցս)։
Գացէք բերէք զթագւորի հէր
Իգայ նստի դարպազ էնէ.
Ծընտրիկ զարկէ սուրբ սեղանին,
Խէրն ու բարին մեր թագւորին (Երիցս)։
Գացէք բերէք զթագւորի մէր
Ծընտրիկ զարկէ սուրբ սեղանին,

Խէրն ու բարին մեր թագւորին։
Գացէք բերէք զթագւորի աղբէր, (զքուր նոյն)։
Գացէք բերէք զկռունկն ի չօլէն
Իգայ նըստի սէյրան անէ.
Ծընտրիկ զարկէ սուրբ սեղանին,
Խէրն ու բարին մեր թագւորին։
Գացէք բերէք զբադն ի կօլէն
Իգայ նըստի սէյրան անէ.
Ծընտրիկ զարկէ սուրբ սեղանին,
Խէրն ու բարին մեր թագւորին։
Գացէք բերէք զկաքաւն ի սարէն,
Իգայ նըստի սէյրան անէ.
Ծընտրիկ զարկէ սուրբ սեղանին,
Խէրն ու բարին մեր թագւորին։

ANSWER

To our king it must be give flowers of flowers (*Thrice*).
— What sort of flower must we give him ?
The flower of flowers which becomes him is the balsam :
Because it blossoms and flowers together.
The flower of the flowers which becomes him is the
snow-bell.
The flower of the flowers which becomes him is the
everlasting-flower.
The flower of the flowers which becomes him is the
pomegranate, (the lily, the rose).

ANSWER

By the help of the holy Precursor, yes by his help
There came a king with a face like a cross.

ANSWER

Our king was crossed, our king was crossed ;
His fez [17] was red, his sun was green.
Our king was crossed, our king was crossed ;
His turban was red, his sun was green.
Our king was crossed, our king was crossed ;
His tunic was crossed, his sun was green.
Our king was crossed, our king was crossed ;
His apple [18] was red, his sun was green.
Our king was crossed, our king was crossed ;
His cloak was red, his sun was green.
Our king was crossed, our king was crossed ;
His hose was vari-coloured, his sun was green.

ՓՈԽ

Մեր Թագւորին ծաղիկ պիտէր ծաղկունաց (Երկիցս)․
 — Ծաղիկն ինչէնի՞ պիտէր ծաղկունաց․
Ծաղիկ պալասան պիտէր ծաղկունաց,
Որ փիթըլթէր ծառն ու ծաղիկ հետ իրրաց:
Ծաղիկ ձընծաղիկ պիտէր ծաղկունաց․

Ծաղիկ անթառամ պիտէր ծաղկունաց․

Ծաղիկ նռնենի (նունուֆար, վարդենի, եայլն):

ՓՈԽ

Սուրբ Կարապետին զօրութենով, հայ զօրութենով,
 խաչերես Թագաւոր մը կի դէր:

ՓՈԽ

Մեր Թագւորն էր խաչ, մեր Թագւորն էր խաչ․
 Ցասն էր կարմիր, արեւն էր կանանչ:
Մեր Թագւորն էր խաչ, մեր Թագւորն էր խաչ․
 Խըզն էր կարմիր, արեն էր կանանչ:
Մեր Թագւորն էր խաչ, մեր Թագւորն էր խաչ․
 Խաչփոկ խաչումաչ, արեւն էր կանանչ:
Մեր Թագւորն էր խաչ, մեր Թագւորն էր խաչ․
 Խընծորն էր կարմիր, արեւն էր կանանչ:
Մեր Թագւորն էր խաչ, մեր Թագւորն էր խաչ․
 Պինիչն էր կարմիր, արեւն էր կանանչ:
Մեր Թագւորն էր խաչ, մեր Թագւորն էր խաչ․
 Բըճերն էր նըշխուն, արեւն էր կանանչ:

ANSWER

Arise, let us go and meet him,
That he may not be offended.

ANSWER

That large heap, that large heap, what is it?
That large heap it is the village-masters.
The lion is roaring, look who is it?
The lions roaring, it is the doctors.
The partridge is chirping, look who is it?
The partridge chirping, it is the priests.
The sparrow is warbling, look who is it?
The sparrow warbling, it is the deacons.
Who is he like a large column among them?
That large column is the father of the king.
Who is she who has the headdress of cotton with a
hole in it?
That of that headdress of cotton with a hole in it,
is the mother of the king.
What is that bright star behind them?
That bright star behind them, is the queen.
That brush behind the door, who is it?
That brush behind the door, it is the servants.
The hound came with the bag in his mouth, who is it?
The hound coming, with the bag in his mouth, it is
the collector of the village.
The mouse covered with flour came, who is it?
The mouse coming covered with flour, it is the
miller.

ՓՈԽ

Ելէք ու ր առջեւն երթանք
Ուր ճէհլիկ խամթրիկ չիմընայ ։

ՓՈԽ

Էն ղիզան բէտ բէտ ղիզան տեսէք թէ էն որն է .
Էն ղիզան բէտ բէտ ղիզան գեղի համբէքն է ։
Առխուծներ մըրմըռալէն , տեսէք թէ էն որն է .
Առխուծներ մըրմըռալէն , վարդապետներն է ։
Կաքըւներ կըշկըշալէն , տեսէք թէ էն որն է .
Կաքըւներ կըշկըշալէն , էն երիցներն է ։
Ճնճըղներ ճըւըըստալէն , տեսէք թէ էն որն է .
Ճնճըղներ ճըւըըստալէն , սարկեւըկներն է ։
Էն միջի հասատագերանն տեսէք թէ էն որն է .
Էն միջի հաստապերանն թագւորի հէրն է ։
Էն քուլա բամբակն ի ծակ տեսէք թէ էն որն է .

Էն քուլա բամբակն ի ծակ՝ թագւորի մէրն է ։

Էն զօհալ սատղ ետեւանց տեսէք թէ էն որն է .
Էն զօհալ սատղ ետեւանց՝ էն թագուհին է ։
Ցախ աւել ետեւ դըրան տեսէք թէ էն որն է .
Ցախ աւել ետեւ դըրան էն մըշկըներն է ։
Շունն եկաւ պարկն ի բերան , տեսէք թէ էն որն է .
Շունն եկաւ պարկն ի բերան , գեղի դըզիրն է ։

Մուկն եկաւ ալըրթաթախ , տեսէք թէ էն որն է ։
Մուկն եկաւ ալըրթաթախ , էն ջաղցըպանն է ։

ANSWER

We hawe praised, yes we have praised, yes finished,
We have placed the cross over him.

XI.

The Pilgrim to the Crane.

Crane, whence dost thou come? I am servant of thy
    voice.
    Crane, hast thou not news from our country?
    Hasten not to thy flock, thou wilt arrive soon
      enough!
    Crane, hast thou not news from our country?

I have left my possessions and vineyard, and I have
    come hither:
    How often do I sigh, it seems that my soul is torn
      from me:
    Crane, stay a little, thy voice is in my soul:
    Crane, hast thou not news from our country?

Thou dost not carry disappointment to those who ask
    thee:
    Thy woice is sweeter to me than the sound of the
      well-wheel:
    Crane, thou alightest at Bagdad or Aleppo:
    Crane, hast thou not news from our country?

ՓՈԽ

Գովեցինք, հայ թամամեցինք, հայ թամամեցինք,
Ջխաշն ի վըրէն բազմեցուցինք։

ԺԱ.

Պանդուխտ առ կռունկ.

Կռունկ, ուստի՞ կու գաս, ծառայ եմ ձայնիդ.

Կռունկ, մեր աշխարհէն խապրիկ մի չունի՞ս.
Մի՛ վազեր երամիդ՝ շուտով կը հասնիս.

Կռունկ, մեր աշխարհէն խապրիկ մի չունի՞ս։

Թողեր եմ ու եկեր իմ մըլքերս ու այգիս.

Քանի ու ախ կ՚անեմ կու քաղուի հոգիս.

Կռունկ, պահ մի կացի՛ր, ձայնիկդ ի հոգիս.
Կռունկ, մեր աշխարհէն խապրիկ մի չունի՞ս։

Քեզ խապեր հարցնողին չես տանիր ալապ.

Ջայնիկդ անուշ կու գայ քան զՋըրի տոլապ.

Կռունկ, Պաղտատա իջնուս կամ թէ ի Հալապ,
Կռունկ, մեր աշխարհէն խապրիկ մի չունի՞ս։

Our heart desired it and we arose and departed :
  We have found out the miseries of this false world :
  We are deprived of the sight of our table-compa-
    nions.
  Crane, hast thou not news from our country ?

The affairs of this world are long and tedious :
  Perhaps God will hear and open the little gate :
  The heart of the pilgrim is in sorrow, his eyes in
    tears.
  Crane, hast thou not news from our country ?

My God, I ask of thee grace and favour :
  The heart of the pilgrim is wounded, his lungs are
    consumed :
  The bread he eats is bitter, the water he drinks is
    tasteless.
  Crane, hast thou not news from our country ?

I know not either the holy day, nor the working day :
  They have put me on the spit and placed me at
    the fire :
  I mind not the burning, but I feel the want of you.
  Crane, hast thou not news from our country ?

Thou comest from Bagdad and goest to the frontiers,
  I will write a little letter and give it to thee :
  God will be the witness over thee ;
  Thou wilt carry it and give it to my dear ones.

I have put in my letter, that I am here,
  I have never even for a single day opened my eyes :

Սրտերնիս կամեցաւ, ելանք դընացանք,
Այս սուտ աստընուորիս տէրտէրն իմացանք.
Աղուհացկեր մարդկանց կարօտ մընացանք։

Կռունկ, մեր աշխարհէն խապրիկ մի չունի՞ս։

Աստընուորիս բաներն կամաց կամաց է.
Միթէ Աստուած լըսէ, դըռնակըն բացցէ.
Ղարիպին սիրտն է սուգ, աչերն ի լաց է։

Կռունկ, մեր աշխարհէն խապրիկ մի չունի՞ս։

Աստուած, քեզնէ խնդրեմ մուրվէթ ու քէրէմ.
Ղարիպին սիրտն է խոց, ճիկէրն է վէրէմ.

Կերած հացն է լեղի ու ջուրն է հարամ։

Կռունկ, մեր աշխարհէն խապրիկ մի չունի՞ս։

Ոչ ըզլուր օրըն գիտեմ ոչ ըզկիրակին.
Զարկած է գլիս չամփուրն, բըռնած կըրակին.

Այրիլըս չեմ հոգար, ձեզնէ կարօտ եմ.
Կռունկ, մեր աշխարհէն խապրիկ մի չունի՞ս։

Պաղտատու կու գաս, կ՚երթաս ի սէհրատ,
Թըղթիկ մի գըրեմ, տամ քեզ ամանաթ.
Աստուած թող վըկայ լինի քո վըրադ.
Տարեալ հասուցես զայդ իմ սիրելեաց։

Գըրեր եմ մէջ թըղթիս, թէ հաս մընացի.
Օրիկ մի օրեր զաչերըս չըբացի.

O my dear ones, I am always anxious for you!
Crane, hast thou not news from our country?

The autumn is near, and thou art ready to go:
Thou hast joined a large flock:
Thou hast not answered me and thou art flown!
Crane, go from our country, and fly far away!

XII.

The elegy of a Partridge.

The partridge was sitting (*Double*)
    And weeping on a stone: O birds!
She lamented with the little birds:
    O birds, o fowls of the air!
I ascended high mountains (*Double*),
    I gazed on verdant meadows:
    O birds, o fowls of the air!
I descended and fell into the snare,
    Into a net spread on the lake:
    O birds, o fowls of the air!
They came and took me out,
    And showed me the terrible sword:
My tuneful throat
    They cut from ear to ear:
My purple blood
    They shed upon the ground:

Սիրելիք, ձեզանէ կարօտ մընացի․
Կռունկ, մեր աշխարհէն խաբրիկ մի չունիս։

Աշունն է մօտեցեր, գնալու ես թէտապիր․
Երամ' ես ժողվեր հազարներ ու բիւր․
Ինձ պատասխան չտուիր, ելար գնացիր․
Կռունկ մեր աշխարհէն գընա' հեռացիր։

ԺԲ․

Ողբ կաքաւու․

Նըստեալ կայր ու լայր կաքաւիկն (կրկին)
Ի վերայ քարին․ ա՜յ հաւեր․
Ու գանկատ կ'անէր ձագերուն․
Թըռչունք, ա՜յ հաւեր։
Ի բարձըր լերունք ելայ (կրկին),
Ի կանաչ մարգեր նայեցայ․
Թըռչունք, ա՜յ հաւեր։
Իջի, որոգայթ ընկայ
Ի վարմին մէջ ի ծովակին․
Թըռչունք, ա՜յ հաւեր։
Եկին զիս ի վեր առին,
Ջահաբեկ սուրըն ցըցուցին․
Զայս իմ կարկըջուն վըզիկս
Ցականջէ յականջ զենեցին․
Զայս իմ կարմըրակ արիւնս
Ի գետին ի վար վաթեցին․

My rosy beak
   They exposed on the sparkling flame :
My little-stepping feet
   They cut off at the knees.
My many-coloured feathers
   They dispersed some to the hill some to the valley :
That which fell on the hill,
   That the breeze carried away :
That which fell in the valley,
   That the torrent rose and carried away.
And like saint Gregory [19]
   They let me down into the deep well.
They came and drew me up,
   They sat round a table ;
And like saint James the Intercised [20]
   They cut me in little pieces :
They made the pancake [21] for my shroud,
   And buried me with red wine.
I cried out the lamentation of Jeremiah,
   And that of the first father and mother.

———

Զայս իմ կարմըրած կըրտնուցս
  Կըրակին կածըն հատուցին .
Զայս իմ մանտրուքայլ ոտկունքս
  Ի ծընկացս ի վար կըտրեցին .
Զայս իմ գունըղգուն փետուրս
  Մէկն ի սար արին մէկն ի ձոր .
Զայն որ ի սարն էր ընկեր՝
  Զայն իջեր քամեկն ու տարեր ,
Զայն որ ի ձորն էր ընկեր՝
  Զայն ելեր հեղեղն ու տարեր ։
Եւ սուրբ Գրիգորի նըման
  Զիս ի խոր վիրապն իջուցին .
Եկին զիս ի վեր առին ,
  Մէճլիս հաւաքարցուցին .
Եւ սուրբ Յակովկայ նըման
  Մ՚ասըն կըտըրտեցին .
Զլաւաշն ինձ պատանք դըրին
  Ու կարմիր գինով գլիս լժաղեցին ։
Ես ձայն զԵրեմիային ածի
  Նախահօրն ու մօրն Եւայի ։

XIII.

On the Partridge. [22]

The sun beats from the mountain's top,
  Pretty pretty :
The partridge comes from his nest ;
She was saluted by the flowers,
She flew and came from the mountain's top.
    Ah ! pretty pretty,
    Ah ! dear little partridge !

When I hear the voice of the partridge
  I break my fast on the house top :
The partridge comes chirping
And swinging from the mountain's side.
    Ah ! pretty pretty,
    Ah ! dear little partridge !

Thy nest is enamelled with flowers,
  With vasilico, narcissus and water-lily :
Thy place is full of dew,
Thou delightest in the fragrant odour.
    Ah ! pretty pretty,
    Ah ! dear little partridge !

ԺԳ.

Երգ կաքաւուց.

Արեւ տեղաւ սարին վերէն,
Խօրօտիկ խօրօտիկ.
Կեաքեաւն ելաւ իր բունէն,
Բարեւ առեց ծաղկըներէն,
Թռաւ նստաւ սարին ծերէն,
Խօրօտիկ խօրօտիկ,
Ա՛յ սիրունիկ կեաքեաւիկ:

Երբ կեաքէւուն ձայն կը լսեմ
Երգելուն ի վեր դուս կ՚երիշկեմ.
Կեաքեաւ կու գայ կըրկըրալով
Դարին վերէն չորորալով.
Ա՛յ խօրօտիկ խօրօտիկ,
Ա՛յ սիրունիկ կեաքեաւիկ:

Քու բուն հինած ծաղկըներով,
Ռեհան նարկիս նունուֆարով.
Քու տեղ լըցուած է շաղերով,
Դու կը մայլիս անմահ հոտով.
Ա՛յ խօրօտիկ խօրօտիկ,
Ա՛յ սիրունիկ կեաքեաւիկ:

Thy feathers are soft,
    Thy neck is long, thy beak little,
    The colour of thy wing is variegated :
    Thou art sweeter than the dove.
        Ah ! pretty pretty,
        Ah ! dear little partridge !

When the little partridge descends from the tree
    And with her sweet voice chirps,
    He cheers all the world,
    He draws the heart from the sea of blood.
        Ah ! pretty pretty,
        Ah ! dear little partridge !

All the birds call thee blessed,
    They come with thee in flocks,
    They come around thee chirping :
    In truth there is not one like thee.
        Ah ! pretty pretty,
        Ah ! beautiful little partridge !

Քեո փետուրներ են փափուկիկ,
Քեո վիզն երկէն, կըտուց սըզտիկ.
Քեո թեւին գոյն է նըխշունիկ,
Դու անուշ ես քանց եղունիկ.
Ա՛յ խօրօտիկ խօրօտիկ,
Ա՛յ սիրունիկ կեաքեաւիկ:

Երբ կեաքաւիկն ծառին կ'իջնի,
Իր քաղցր ձէնով ճըլվըլ կ'անի,
Աշխարհս ըմէն զըւարթ կ'անի,
Արուն ծովէն սիրտ կը հանի.
Ա՛յ խօրօտիկ խօրօտիկ,
Ա՛յ սիրունիկ կեաքեաւիկ:

Հաւերն ամէն ք'նրնեկ կուտան,
Հետ քե կիւ գան շարան շարան,
Քե շուրջ եկած կը ճըլվըլան.
Ըսկի չիկայ քեզի նըման.
Ա՛յ խօրօտիկ խօրօտիկ,
Ա՛յ ալուորիկ կեաքաւիկ:

XIV.

To the Stork. [25]

Welcome stork !
 Thou stork welcome ;
 Thou hast brought us the sign of spring,
 Thou hast made our heart gay.

Descend o stork !
 Descend o stork, upon our roof.
 Make thy nest upon our ash-tree,
 Thou our dear one.

Stork, I lament to thee :
 Yes, o stork, I lament to thee,
 I will tell thee my thousand sorrows,
 The sorrows of my heart, the thousand sor-
  rows.

Stork, when thou didst go away
 When thou didst go away from our tree,
 Withering winds did blow,
 They dried up our smiling flowers.

The brilliant sky was obscured,
 That brilliant sky was cloudy :
 From above they were breaking the snow in
  pieces :
 Winter approached, the destroyer of flowers.

ԺԳ.

Երգ արագլի.

Արագիլ, բարով եկիր,
Դուն արագիլ, բարով եկիր.
Ըմե գարնան նըշան բերիր,
Դու մեր սըրտիկ զըւարթ արիր:

Արագիլ, մեզի իջիր,
Դուն արագիլ մեր տուն իջիր,
Մեր խացի ծառին բունիր,
Դու մեր սիրուն:

Արագիլ, քե գանգըտիմ,
Հա՛յ արագիլ, քե գանգըտիմ.
Իմ՝ հազար ցաւերս ասիմ
Սըրտիս ցաւեր, հազար ցաւ:

Արագիլ, եբ գընացիր
Դուն մեր ծառէն եբ գընացիր,
Ջուլումալթ հովեր արին,
Ծըծղուն ծըղկներըս չորցուցին:

Պըսպղուն երկինքն մըթներ,
Էն պըսպղուն երկինքն մըթներ.
Մեր վերէն ձըներ բըրդեր,
Ծաղկաթափ ձըմեռն հասեր:

Beginning from the rock of Varac, [24]
  Beginning from that rock of Varac,
  The snow descended and covered all,
  In our green meadow il was cold.

Stork, our little garden,
  Our little garden was sorrounded with snow,
  Our green rose trees
  Withered with the snow and the cold.

XV.

The Youngman and the water.

Down from yon distant mountain
  The water flows through the village. Ha!
  A dark boy came forth
  And washing his hands and face,
  Washing, yes washing,
  And turning to the water asked. Ha!
« Water, from what mountain dost thou come?
  O my cool and sweet water! Ha!
— I came from that mountain,
  Where the old and the new snow lie one on
    the other.
Water, to what river dost thou go?
  O my cool and sveet water! Ha!
I go to that river
Where the bunches of violets abound. Ha!

Վարագայ սարէն բըռնած
Ին վարագայ սարէն բըռնած ,
Ձիւն իջնէր , ըմէն ծածկեր ,
Կանաչ դաշտիկըս ցուրտ աներ ։

Արագիլ , մեր դըրախտին ձիւնիկ
Պասեր մեր դըրախտիկ .
Կանաչուն մեր վարդնիս
Ցամքեր պաղէն ը ձըմըռէն ,

ԺԵ.

Մանուկն եւ ջուրն .

Այդ վայրի լեռնէս ի վայր
Ջուրն ի շինուտ մէջն անցանի . Հա՜յ ։
Թուխ մանուկ մ՚ի դուրս ելեր
Ձեռքն ու զերեսն է լուացեր .
Լուացեր , հա՜յ լուացեր ,
Դարձեր ի ջուրն հարցունք եղեր . Հա՜յ ։
Ջուր , դու ի յո՞ր լեռնէ կու գաս ,
Իմ պաղիկ ջրիկ ուանուշիկ . Հա՜յ ։
Ես ի յայն լեռնէն կու գամ ,
Որ հին ու նոր ձիւնն ի վերայ . Հա՜յ ։

Ջուր դու ի յո՞ր առու կ՚երթաս .
Իմ՛ պաղիկ ջրիկ ուանուշիկ ։
Ես ի յայն առուն կ՚երթամ
Որ փունճըն շատ է մանուշկին ։

Water, to what vineyard dost thou go?
O my cool and sweet water! Ha!
I go to that vineyard
Where the vine-dresser is within. Ha!
Water, what plant dost thou water?
O my cool and sweet water! Ha!
I water that plant
Whose roots give food to the lamb,
The roots give food to the lamb,
Where there are the apple tree and the ane-
mone.
Water, to what garden dost thou go?
O my cool and sweet water! Ha!
I go into that garden
Where there is the sweet song of the nightin-
gale. Ha!
Wather, into what fountain dost thou go?
O my cool and sweet little water!
I go to that fountain
Where thy lover comes and drinks:
I go to meet her and kiss her chin,
And satiate myself with her love.

Ջուր դու ի յո՞ր այգի կ'երթաս,
Իմ պաղիկ ջրիկ սանուշիկ,
Ես ի յայն այգին կ'երթամ
Որ տէրն ի մէջն է այգեպան
Ջուր դու ո՞ր տունկ կու ջրես,
Իմ պաղիկ ջրիկ սանուշիկ.
Ես ի յայն տունկըն ջրեմ
Որ տակըն խոտ բերէ գառին.
Տակըն խոտ բերէ գառին,
Ծառըն խնձորի, հազարվարդին։

Ջուր դու ի յո՞ր պաղչայ կ'երթաս,
Իմ պաղիկ ջրիկ սանուշիկ։
Ես ի յայն պաղչան կ'երթամ
Որ պուլպուլի քաղցր եղանակ։

Ջուր դու ի յո՞ր աղբիւր կ'երթաս,
Իմ պաղիկ ջրիկ սանուշիկ։
Ես ի յայն աղբիւրն երթամ
Որ գայ քո եարն ու ջուր խըմէ.
Դէմ գամ ըղձանչըն պագնեմ,
Ապա սիրովըն յագենամ։

XVI.

The oldman and the ship.

Our Lord an oldman with a white beard
  Seated in glory on the cross:
  Cried sweetly to the sailors:
  Oh! sailors, you my brothers!
  My brothers, take this oldman into the ship,
  And I will offer many prayers for you.
— Go away, go away, white-bearded oldman!
  Our ship is not for prayers:
  Our ship is large and the passage-money is great:
  This ship is freighted by a merchant. —
He made the sign of the cross, and sealed a paper:
  He extended his hand and took some sand,
  He took a stone for money: There!
  There is money for you!
He paid his passage-money and entered the ship:
  There is money and dehkan [45] for you.
The waters of the abyss were troubled
  The ship was overturned by the waves.
Whence didst thou come, o sinful man?
  Thou art lost and thou hast lost us!
I a sinner? Give me the ship,
  And you go to sweetly sleep.
He made the sign of the cross with his right hand,
  With his left he steared the ship.
  It was not yet midday,
  When the ship arrived at the shore.

ԺԶ.

Ծերն ու նաւն.

Մեր Տէրըն ծեր եւ ալեւոր
Փառօք բազմեալ Տէրն 'ի խաչին,
Քաղցըր ձայնէր նաւավարաց.
Ա՛յ նաւավարք դուք իմ եղբարք,
Եղբա՛րք, առէք զայս ծերս ի նաւն,
Ես ձեզ բազում աղօթս առնեմ, —
Ա՛յ, գնա՛ գնա՛ ծեր ալեւոր,
Մ'եր նաւըս չէ վասն աղօթից.
Նաւըս մեծ է, վարձըն չատ է.
Նաւս ի վարձ է վաճառկանին, —
Խաչ եհան քարտէ կընքեաց,
Ձեռըն տարաւ, աւազն էառ,
Քարն էառ դեկան. Ահա՛,
Ահա ձեզ դրամ եւ դահեկան,
Վարձըն երբեա եւ նաւ մըտաւ.
Ահա ձեզ դրամ եւ դահեկան,
Ջուրն անդընդոց պըղտորեցաւ,
Նաւն ի յալեւուն կործանումն էառ,
Ուստի՞ց եկիր մարդ մեղաւոր,
Ու դու կորսար մեզ կորուսիր, —
Ե՞ս մեղաւոր. տուք նաւս ի յիս,
Եւ դուք անուշ ի քուն եղիք,
Աջու ձեռօք խաչահանէր,
Ձախու ձեռօք նաւըն վարէր,
Դեռ չէր եղեալ հասարակաց,
Նաւն ի ցամաքն հաստատեցաւ.

Brothers, arise from your sweet sleep,
From your sweet sleep and sad dreams :
Fall at the feet of Jesus :
Here is our Lord, here is our ship !

————

XVII.

Canzonette which is taught to children.

The light appears, the light appears !
The light is good :
The sparrow is on the tree,
The hen is on the perch,
The sleep of lazymen is a year,
Workman, rise and commence thy work !

The gates of heaven are opened,
The throne of gold was erected,
Christ was sitting on it :
The Illuminator was standing,
He had taken the golden pen,
And wrote great and small.
Sinners were weeping,
The justs were playing.

————

Եղբարք, եկէք անուշ քընուտ,
Անուշ բընուտ, դառն երազուտ,
Իյոան անկեալ ի Քրիստոսի.
Ահա մեղՏէր, ահա մեր Նաւն։

ԺԼ։

Երգ երեխայից.

Լուսայաւ լուսայաւ.
Լուսն է բարին,
Ծիտն է ծառին,
Հաւն է Թառին։
Ծուլ մարդկանց քունն է տարի.
Աշխատաւոր, վեր կաց բանիդ։

Երկընքի դըռներն բաց էր,
Ոսկէ աթոռըն դըրած էր,
Քրիստոս վըրէն նըստած էր.
Լուսաւորիչն կանգնած էր,
Ոսկէ գըրիչն բըռնած էր
Մեծ ու պըստիկ գըրում էր.
Մեղաւորներն լալում էին,
Արդարներն խաղում էին։

XVIII.

The bear, the fox, and the wolf.

The wolf and the bear and the little fox had made
    peace,
    They were became like uncles and nephews:
    They have made the little fox a monk.
    False monk, false hermit, false!

The little fox went into the street and found an old rag,
    He made a hole and put his head in it, he took a
    stick,
    He put on an iron shoe, he made a hole in the stone.
    False monk, false hermit, false!

The fox sent the wolf to fetch the bear:
    I have accepted for thee this solitary life,
    And thou dost not send me rations,
    My ankles are sore, my knees are sore, my knus.

In the morning at day-light they go to the chase:
    They caught a sheep, a lamb, and a ram:
    They made the wolf the holy dispenser.
    Unjust judge, unjust dispenser, unjust!

The wolf had made a portion for the bear of the ewe
    And ordered the lamb for the poor monk:
    The ram for me, says he, for I have walked much.
    Unjust judge, unjust dispenser, unjust!

ԺԸ։

Արջ, աղուէս եւ գայլ.

Գայլն ու արջն ու աղուեսուկն են պարըշեր,
  Հօրեղբօր եւ քուերորդիք են դարձեր.
  Զաղուեսուկըն միակեց են օրհնել,
  Սուտ միակեց, սուտ աղօթարար, սուտ։

Աղուեսուկն ի փողոցն իջնէ ջուր մ'է ճարեր.
  Ջայն ծակեր վիզն է անցուցեր, գաւզան առեր,
  Երկաթէ քալքաշ հագեր, գլքարն է ծակեր,
  Սուտ միակեց, սուտ աղօթարար, սուտ։

Աղուէսն ըզգայլն արջուն խնդիր է ուղարկեր,
  Թէ վասըն քո զայս ճըգնութիւնս յանձն եմ առեր
  Դու ինձ բաժին չես յուղարկեր, կոճս է տեռեր,
  Կոճս է տեռեր, ծունկս է տեռեր, ծունկս։

Առաւօտուն երբ լուսացաւ յորս են ելեր,
  Մ'ին մաքի և մին թօխլի եւ գառ մ'են ճարեր,
  Հոգեւոր բաժանարար ըզգայլն են դըրեր,
  Ծուռ դատաւոր, ծուռ բաժանարար, ծուռ։

Գայլն ըզգառն արջուն բաժին է հաներ,
  Զթօխլին խելճ միակեցին ապըսպրեր.
  Մաքին ինձ, սաէ, ես շատ ժուռ եմ եկեր.
  Ծուռ դատաւոր, ծուռ բաժանարար, ծուռ։

The bear had raised his paw and struck the wolf,
So hard he struck that he took away both his eyes:
I am the first among you and you have given me
the ewe.
Unjust judge, unjust dispenser, unjust !

The fox who saw it was much afraid :
And seeing the cheese in the trap, said to the bear:
My grand uncle, I have built a fine convent,
The place is a place of retreat, a place of prayer·

The bear had extended his paw to take the cheese:
The trap seized his neek on both sides:
« Little fox, my nephew, why do you not help me?
This is not a convent, not a place of prayer. »

The little fox seeing it, was much pleased :
He made a funeral service and prayed for his soul:
« The ill of the wolf, which thou hast occasioned, has
seized thee :
This place is a place of retreat, a place of prayer. »

O Justice, thou pleasest me much !
Whoever does harm to another soon perishes :
As the bear in the trap is obliged to fast:
That place is a place of retreat, a place of prayer !

Արջն ըղչանչունն էր քուրշեր գայլուն լորկեր,
Հանց լորկեր՝ որ երկուս աչքն ի դուրս վազեր.
Մեծ եմ՝ ես ի ձեր միջինդ, ըզգա՛ն էք տուներ.

Ծուռ դատաւոր, ծուռ բաժանարար, ծուռ։

Աղուեսուկն որ զայն տեսեր, խիստ վախեցեր.
Ըզգամնիրն յանկնատ տեսեր սարջուն առեր.
Գեղեցիկ, մեծ հօրեղբայր, վանք մ՚եմ չիներ,
Տեղն է վանուց տեղ, աղօթելու տեղ։

Արջն ըղչանչունն էր տարեր զգամնիրն առեր,
Ականատըն վիզն էր անկեր յիրար եկեր.
« Աղուեսուկ եղբօրորդի յէր չես օգներ.
Տեղս չէ վանուց տեղ, աղօթելու տեղ։ »

Աղուեսուկն որ զայն տեսեր՝ ուրախացեր,
Արջուն պաշտօն է տարեր, հոգուն կանգներ.
« Գայլուն խեղճն որ գուն արիր՝ զքեզ է բռներ.

Տեղս է վանուց տեղ, աղօթելու տեղ։ »

Դատաստանն, ամ ես խիստ քեզ եմ՝ հաւաներ.
Ով այլոց վատ կամեցեր, շուտ է կորեր,
Որպէս արջն ի յականատն է չորակեր.
Տեղն է վանուց տեղ, աղօթելու տեղ։

XIX.

On a little knife lost.

My heart trembled in my breast from fear :
  From fear my hands were powerless :
  What shall I answer to my papa,
  For I have lost my little knife ?

It was strong and sounding,
  With a single stroke it cut through a large cu-
    cumber :
  I did not sleep out in the village of others,
  And I did not take it from my bosom in the houses
    of others.

My knife had good manners :
  It remained with me all day without being tied.
  They made me drunk, they deceived me
  And they seized it.

My knife gave me advice,
  That I should keep aloof from dry bread,
  I know that it is not good for thy teeth,
  And also without pity it burthens thee.

When there are soft loaves and hot bread,
  Rejoice and expand thy visage :
  Give advice and preach to the matrons
  Tho knead them with oil.

ԺԹ

Տաղս խաղալիկ է ի Ջախուր.

Սիրտս ի փորիկս գողայր վախուս,
Ջեռուխս ի բան չերթար յահուս.
Ես ի՞նչ ճըւապ տի տամ պապուս,
Որ կորուսեր եմ զիմ չախուս։

Խիստ զօրաւոր էր ու ձայնեղ
Մեծ մեծ խիար կըտրէր մէկ հեղ.

Ոչ կու քընի ի յայլոց գեղ,
Խոչ կու հանի ծոցուս ի տեղ։

Ջախուս ունէր աղէկ յատապ,
Հետ ինձ կենար զօրն առանց կապ։
Գինով արին տըւին ինձ խաբ,
Լուկ ձըգեցին զչախուս ի յափ։

Ջախուս կու տար ինձի խըրատ,
Թէ չոր հացէն կացիր ի զատ,
Գիտեմ որ խէր չէնէր ակռատ,
Համ անմուննաթ բառնան ի վրատ։

Կակուղ լաւշեր լինի, տաք հաց,
Ուրախացիր զերեսըդ բաց.
Խըրատ քարող տուր տանտիկնաց
Եղով ճըմռեն զինք հետ իրրաց։

When we went to the banquet and feast,
My knife told me slily :
When thou seest nice bits
Without me thou shalt not put out thy hand.

With much address it sliced the ham,
It encouraged me and exorted me :
Fill the glass and give it to my hand
Let us eat and drink, that my soul may be gay.

My knife had great care of me,
It gave me good counsels with affection :
Do not sit down near any body
In order that thou mayest satisfy thyself with little
care.

I pity thee that thou hast no teeth,
When thou meetest with raw meats :
Do not swallow it greedily,
That it remain not in thy throat and thou become
a joke.

My knife was very affectionate with me :
When we went into the house of others,
When it saw the meat roasting or in broth,
It did not let me take the curds.

My knife was more than a preacher,
Every day it preached to my parishioners :
« When the day of blessing houses shall arrive
Bring to my master fried fish. »

Չէտ որ երթանք հարկ ու մէճլիս,
Չախուս ասեր պաղատակ դէպ յիս.
Աղէկ պատառ երբ նըկատիս՝
Առանց ինձի ձեռք չըտանիս։

Խիստ ատապով տաշէր չոր միս,
Քաջալերեր յորդորեր զիս,
Զգուշութըն լից տուր ի յափիս,
Ուտենք խմենք որ հանգչի հոգիս։

Չախուս ի հետս էր խիստ գըթով,
Բարի խըրատ կու տար սիրով,
Թէ մի՛ նըստիր ի մարդուքով
Որ կըշտանաս քիչ մի հոգով։

Խեղճըս կու գայ ակռայ չունիս,
Ոնեփ մըսի երբ հանդիպիս՝
Ագահութեամբ կուլ չիտանիս,
Փակչի պօղազդ, լինիս ճառիս։

Չախուս ի հետս էր խիստ սիրուն.
Երբոր երթաք ի յայլոց տուն,
Հրաման տեսնար զմիան ի յետոյ՝
Չթողէր տանիմ՝ ձեռքս ի մածուն։

Բան զվարդապետ էր իմ՝ չախուս,
Ջօրըն քարոզ տայր ծըլերուս.
« Երբ տընօրհնէք գայ տօներուս
Տապկած ձըկնիկ բերէք տիրուս »։

My knife said to me : Thou art my master,
  Do not show me to any body :
  Here for a moment abstain from wine
  And do not let me be stolen.

Martiros had written this song :
  My knife was fond of ham :
  They carried me to the wedding of a bridegroom,
  I had not advantage, because I lost it.

God was good and merciful,
  I found my knife and it never left me more :
  When I saw others eat any thing
  My heart trembled before them.

My knife said to me : Care not so much :
  Rejoice that thou hast found me :
  Till July thou must have patience,
  And then I will give thee to eat cucumber with
    honney.

My knife was honest and covely,
  It sat near the ladies :
  It gave many good counsels :
  « Take milk with cream.

When thou meetest with lamb's meat,
  With pepper ground and roasted,
  Sit down on the border and exhort it,
  Give a little glass also over it. »

Ջախուս ասաց. իմ տէրըն դու,
Զիս մի՛ ցուցներ ամեն մարդու.
Պահ մ'աստ պահէ զքեզ ի գինու,
Այլվի չըտաս գողանալու։

Երգս է գըրած Մարախրոսի.
Ջախուս յաշըղ էր չոր մըսի.
Հարմնիկք տարան ի Նոր փեսի,
Խէր չըտեսայ, քան կորուսի։

Աստուած ինձ քաղցր էր ողորմած,
Ջախուս գըտայ, չելաւ ձեռաց.
Այլ ով ունեն յամեն իրաց
Ցեանում՝ գողայր սիրտս ի դիմաց։

Ջախուս ասէր. խիստ մի՛ հոգար,
Ուրախացիր երբոր գըտար.
Մինչ ի յուլիս ունիս դիժար
Որ կերցընեմ մեղրով խիար։

Ջախուս համեստ էր խիստ սիրով,
Ի տանտիկնաց նըստէր ի քով,
Բարի խըրատ կու տար յոլով,
« Մեղրիկ բերէք կաթին սերով։

Ոչխարի միս լինէր փուշտայ
Զինք տաքդեղով ծեծած քուֆտայ,
Նիստ ի յեղերն յորդորէ զնա,
Տուր զաւաթիկ մ'այլ ի վերայ »։

It was older then you in time,
  It said always to itself:
  Bring not dry bread,
  Because it will not tender the hand for shame.

In reading this psalm
  I bless the soul of him who give it me:
  Because the two days in which it abandoned me
  Not even a single sparrow fell into my teeth.

In the world there is not a more foolish man than me:
  I was desirous, although ignorant, of this song:
  In order that men might smile and mock me
  When they repeat it at great feasts.

———————

Ձեղ էր նրէց ժամանակաց
Մըտայն տաէր յամեն խրոց,
Ձընի յառաջ բերէք չոր հաց,
Ձեռք չխտանի ի յամօթաց։

Ի յընթեռնուլըն սաղմոսիս
Տամ տըւողին շատ ողորմիս.
Երկու օրէկ որ թարկեց զիս՝
Յակռաս չընկաւ ճնճղուկ մի միս։

Յաշխարհս չըկայ այլ խենթ քան զիս,
Հաւաս կալոյ անդէտ բանիս,
Ծիծղան մարդիկ նախատեն զիս
Երբոր տեսն ի մեծ մէճլիս։

NOTES

1 These songs or poems are written in the Armenian vulgar language, but in different dialects; although many of them are very near the literal or classic Armenian tongue. They were also composed at different epochs from the XIV and some perhaps from the XIII up to the last century. The greatest part of them we have collected from armenian manuscripts in our library of St. Lazarus, but some of the copies are very incorrect, and the sense left in incertitude; there are others in which obsolete and foreign words are employed: we have therefore judged it opportune to accompany these songs with the following brief illustrations.

2 This Leo who was afterwards Leo the III, having made war during his father's absence, in 1266, against the sultan of Egypt, who had invaded Cilicia, was made prisoner and taken to Egypt. After some time his father Haiton or Hethum the I, returning from Tartary, first by force of arms, and afterwards by conferring a favour on the sultan, recovered his son.

3 *Meydan*, a turkish word, which signifies a square or place.

4 Sis was the capital of the armenian kings of Cilicia: and now it is the seat of an armenian patriarch.

5 This was a city near the river of Aras and mount Ararat, inhabited by rich merchants, adorned with many beautiful palaces and churches: which were in part destroyed by the great

Chab-Abbas, king of Persia, who carried its inhabitants into his dominions at the beginning of the XVII century. This new colony built a town opposit Ispahan and called it New Ciulfa or Ciugha (Նոր Ջուղա): and on this account their ancient habitation was called Old Ciugha, which is now almost entirely destroyed.

6 Massis (Մասիս) is the name used by Armenians instead of Ararat.

7 Etcmiazin (Էջմիածին) near Erivan, is the most celebrated convent of Armenia, and the seat of its great patriarch or Catholicos (Կաթողիկոս):

8 Arm. Խոր Վիրապ. This was anciently an abyss or well, in which criminals were thrown. S. Gregory the Illuminator of the Armenian, was also thrown into it: after his apostolate this place was converted into a church and convent, and was one of the most celebrated places of pilgrimage of Armenia.

9 S. Lance (Գեղարդայ Վանք) is a great and celebrated convent in Armenia, named also *Ayrivank* (Այրիվանք, Convent of the Cavern), where the sacred Lance was long preserved. — *Mooghni* (Մուղնի) another convent, where there was a pilgrimage to S. George.

10 Sea of Van (Վանայ Ծով) is the most celebrated and the largest of the armenian lakes, so named from the city of Van or Semiramocerta (Շամիրամակերտ).

11 Aghtamar (Աղթամար), one of the four islands of the lake of Van, and the seat of an armenian patriarch.

12 Avan (Աւան), a little town or village on the opposite side of the lake.

13 Osdan (Ոստան), a little town on the S. E. shores of the lake.

14 This song is much changed in the manuscripts; some are shorter, some longer: we have united all the verses together.

15 The crane, the stork, and the partridge are the favourite birds of the armenian popular poets, as will be seen in other songs.

16 The bridegroom is called king among the Armenians.

27 Fez or *fess;* a cap of red cloth worn by the Turks and many other oriental people.

18 The bridegroom holds in his hand an apple during the ceremony of the marriage.

19 See the Note 8.

20 Jagovig (Յակովիկ) in arm: is a persian martyr, who was put to death by cutting off all his limbs at the joints.

21 The oriental pancake is named in armenian *losh* or *lavash* (Լօշ, Լաւաշ).

22 The men of Van have the peculiar gift of poetry: this song and number IV, as also the following XIV, are specimens of their popular language and poetry.

23 The stork is considered by the Orientals sácred to hospitality.

24 Varac (Վարագ) is a rochy mountain to the E. of the town and lake of Van.

25 *Dehkan* (Դահեկան) is the unity of money among the Armenians.

INDEX

www.ingramcontent.com/pod-product-compliance
Lightning Source LLC
Chambersburg PA
CBHW032352020726
47499CB00008B/2713
9783337008703